结庐在桐庐

十四行诗二十首

舒羽 著

ZHEJIANG UNIVERSITY PRESS
浙江大学出版社
·杭州·

舒羽

SHUYU

舒羽，诗人、作家，20世纪70年代末出生于杭州桐庐。曾任电视台主持，2011年创办"舒羽咖啡"。著有《舒羽诗集》（2010年，北京／作家出版社；2011年，台北／三艺文化出版社）、《流水》（2013年，北京／作家出版社；台北／印刻文学出版社）、《做一只充满细节的蜗牛》（2015年，杭州／浙江文艺出版社）。

2012年创办"杭州大运河国际诗歌节"；2021年受邀入驻桐庐"舒羽山房·旧县国际写作中心"，同年创办"中国桐庐富春江诗歌节"。任"钓台书院"艺术总监。

徐庄在庄桐

王冬龄题

结庐在桐庐（序诗）

JIELUZAITONGLU

结庐在桐庐，或者，今夜小住
窗玻璃上认得是黄大痴的皴法
密密簇簇，布置下满川的烟树

细碎的虫声，咬着夜的水果盘
栀子的花香白腻滚圆，咬着梦
梦里有熟透的星子垂挂着露珠

苔藓的心愿，悄悄爬上了裙沿
门前的柿子都醉了，打着灯笼
骑在下午的一束清冽的阳光上

螺蛳养在清水里，人养在家中
粗瓷碗盛来的秋天，颗粒饱满
旧家具恍惚，在辨认你的前世

前世你肯定来过，印渚，深澳
芦茨湾，名字上都有神的手泽
旧县人过的是金桂镶边的日子

横村的独山上，光阴如悬铃花
瑶琳的洞里找到了藏宝图，却
找不到那药葫芦里的桐君老人

结庐在桐庐，没有心事放不下
拖后的只有山与水重叠的影子
要知道，从前七里泷半月无风

船都焊在水里，人都锈在岸上
可是，一等风来便扯起了满帆
水便往高处流，船便在天上行

目录

MULU

十四行诗

SONNET

富春江

FUCHUNJIANG

告诉我，典籍滞后了多少时光？
一条江水的命名，又源自何处？
一个渔翁的问答，与一个樵夫？
或一个琴师一次挥袖的奇想？

那鬓丝垂素的琴师，坐稳了春天
霭若停云的掌心，一小丛琴音
经不住斜抹、横挑、急猱、轻吟，
而淙淙流出，从曲曲屏山之间

簇拥着一百许里的春的仪仗，
从流漂荡。一滴水即万古愁。
寸土也无的，却拥有一条江，
九姓人日出撒网，日落泊舟，

告诉我，洗耳者为何把心收拢，
凝睇于流水间，似有花香搅动？

〔注〕

一、抹、挑、猱、吟，皆古琴指法。右手食指向内弹弦，称抹；向外弹弦，称挑。左手按弦，往复移动，使发颤声，则为吟、猱，二者力度不同。《五知斋琴谱》云："轻清小者为吟，重大带急者为猱。吟取韵致，猱取古劲，各有所宜。"

二、九姓人，亦称"九姓船户"。明清时期生活在富春江、新安江、兰溪江上的一个特殊群体。一般认为原属元末陈友谅部水军，鄱阳湖大战败于朱元璋。明朝建立后，被朱元璋贬为编户之外的贱民，世代船居，以渔为业。

三、许由洗耳的典故源自汉代蔡邕所写的《琴操·箕山操》。相传，许由是上古尧舜时期的圣贤，隐居在箕山下。尧帝想要禅让帝位，许由拒绝了，认为"污言秽语"脏了耳朵，便在山下的河边洗耳朵。尧帝知道后没有强求，反而欣赏其清高的品性。

桐君山
TONGJUNSHAN

是江上君子的选择，你单膝下跪，
求恋一生至爱，许下桐心的承诺.
投入彼此，就像这两江春水
结誓在千年白塔下，汇合成一个。

小金山的水会漫上来，浮玉山
玉玺篆字成心，倒映成仙侣。
是谁淹然百媚，却双眉不展，
一笔一画刻下那水上的名字？

谁家的桐子，泛出一叶扁舟？
何方的桐君，葫芦里已经炼就
你的解药，陀僧、云母、煅花蕊。

听啊，有人在高处敲响了百令钟:
一愿恩情长在，君如桐江水。
二愿比翼双飞，妾似桐花凤。

〔注〕

一、桐君山两水交带，一峰突兀，故有"小金山"之称。又如翠玉浮水，亦称"浮玉山""小峨眉"。

二、陀僧、云母、煅花蕊，皆中药名。

三、王士禛《蝶恋花·和漱玉词》："忆共锦衾无半缝。郎似桐花，妾似桐花凤。"

放马洲

我坐进苍茫的暮色，把你思念。
闭上双眼，就下起茸茸的细雨，
烟水中的放马洲，一双白鹭
飞起来，在江天上划出圆圈。

春江流不动，而爱已浇筑成型。
红楼隔雨相望，冷冷的骊歌
并不能让你从我的生命中回撤。
你眼底有着水仙弹奏的倒影。

我会回来的，会与你十指相扣，
并坐洲头。芳草柔软如呼吸。
夕阳凝注着我们闪烁的眼眸。

就这样，憩息在你滚烫的臂弯。
你知道的，我已无法离开你，
就像这山挽着水，而水绕着山。

〔注〕

　　放马洲，桐庐段富春江中的狭长沙洲。周天放、叶浅予《富春江游览志》云："江心沙，一名放马沙，又名县前沙。浮列江心，阔约半里，长适与县城相等。水涨平堤则沙没，水退则沙出。旧有江心寺，久废。久晴水落，可涉江而登。或澡浴清流，或散步平沙，听滩水淙淙，当江风习习。炎夏薄暮，人争趋之。"

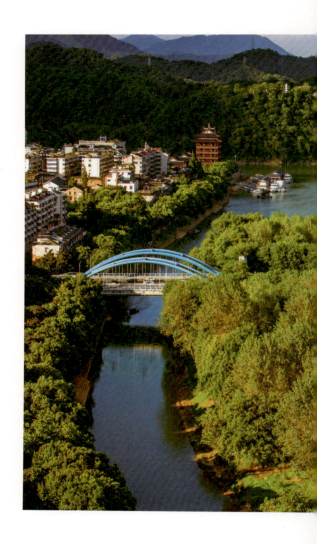

放马洲

FANGMAZHOU

圆通寺

安详的阴翳。舞象山无相，
隐然化身为古寺的嵯峨。
是谁，在佛前点上一炷香，
半生悔恨都俯就于此刻。

回家的浪子，带着伤痕，
你识得广大无边的痛苦。
今夜，暗沉的花香如潮音，
为你做一次微创的幻术。

莲花的心事须殷勤拂拭，
好比落叶要不时清扫？
抬起头来，你若有所思：

殿前的白玉兰开得正好。
没有片叶的烦恼牵挂，
纯粹的心，温柔又豁达。

〔注〕

　　一、倚舞象山，临富春江，有圆通寺。始建于唐贞观八年（634），初名紫竹林。后又名圣德寺。宋大中祥符七年（1014）获赐圆通禅寺之名，为供奉观音菩萨的道场，有"浙西普陀"之称。

　　二、唐时钱塘湾江潮可直达桐庐，故中晚唐此寺又名潮音寺。

　　三、圆通殿前有白玉兰四株，春来花开，正如我在随笔《下江南》中描述过的花事："不可思议的开着满树白花，像拿了白孔雀毛拈了银线织的大裘，从树端哗啦一下铺散开去。"

狂性自歇
歇即菩提
《楞严经》

圆通寺

YUANTONGSI

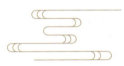

桂花王
GUIHUAWANG

在桂花王撑开的浓荫里，你来过？
绕着竹篱，踏破春夜的苔痕，
你走上来，没有推开我的门，
就转身隐去。也许你只是经过

我的经过。你经过我的少女，
捡起分水江边我采撷的花朵。
你经过石明弄，我童年的斑驳，
坐下来，帮我下完那盘棋局。

你经过更小的我，日子好长。
目送我，沿着疯狂的青石板，
飞奔而过。躲进徐家埠芦苇荡，

又出现，在喧闹而又潮湿的渡船，
当舟楫划过，你来过，爱着或爱过？
桂花王撑开的浓荫上，有群星闪烁。

〔注〕

一、旧县母岭村有一株桂花树，当是宋末元初之物，树龄近七百年，树高约二十米，浓荫广覆，虬枝密布。每到秋来，桂蕊满缀，香气四溢，诚为江南桂花之王者。

二、我在随笔《石明弄26号》中曾写道："我更小些时候的童年是在分水江的渡船上度过的。拉着大人的手，每天我都要从一个两旁长着芦苇的堤岸码头坐船，渡到江对面去，在一个叫横村的小镇里开始我每天的幼儿生活和部分的小学生活。""十岁那年，也就是我三年级的时候，随父母一起迁居到桐庐县城，在石明弄26号的巷子里，我过完了我高年级的小学生活。""我在那里认识了邮票，学会了下五子棋，也是在那里懂得了女孩应当穿漂亮的裙子。"徐家埠在横村，分水江左岸。

合岭杜鹃

车子才到半山腰，就已经微醺
是谁铺出了猩红的地毯来迎接
谒山的游客，或是缪斯的降临

阳光也为之失色。澎湃的鲜红
灼伤了视网膜，岩浆四下流泻
围剿那所剩无几的退避的青葱

多想揭开这地毯，去探视反面
锦绣的线头牵牵挂挂着这一方
水土的滋养。满山红色的碎片

是要去拼合杜鹃花王国的版图
招呼起轿子雪山上粉紫的花浪
和天台华顶，淡蓝的云锦流苏

让脚下这颗太阳系孤独的星球
像吹出美丽的气泡，印证幻有

〔注〕

一、旧县合岭，是黄公望《富春大岭图》的原型地。有阳田山，海拔约八百米，上有千亩高山杜鹃，春来花开如火烧云。山下村中有湖南卫视拍摄《向往的生活》的蘑菇屋，为驰名的网红打卡点。

二、云南轿子雪山，海拔四千多米，山型有如一乘花轿置于丛山之上。其五台坡素称最美花路，四五月间，杜鹃花开，如粉紫的海潮，令人叹为观止。

三、浙江天台山巅的华顶，海拔一千多米，有千亩花海，千年杜鹃。其种为高山云锦杜鹃。

合岭杜鹃

HELING
RHODODENDRON

阳山畈

桃花谢了，可是她还会再来。
认准了村口那棵四百年大樟树，
她会先挽上一条祈愿的绸带，
然后，走一走盘曲而上的山路。

娇嫩的天气，调匀了水和胭脂，
蓄意给夭桃上色，制造绯闻？
玉露、燕红、白丽，轻轻一撕
便露出脆弱真理的甜蜜肉身。

她走上高处，汤寿潜墓草萋萋，
正对着平畴远风，与四围山色，
层层叠叠如五音六律的协和。

马一浮说，这就是多样的统一。
后来，丰子恺记下这则闲话，
给汤庄记忆插写了一枝桃花。

〔注〕

一、玉露、燕红、白丽，皆水蜜桃品种。

二、阳山畈桃花谷有汤寿潜墓。汤寿潜，字蛰仙，1856年生于绍兴。清末民初实业家、政治家，为清末立宪派领袖，庚子间曾游说"东南互保"，与张元济等集股办沪杭铁路与兴业银行。辛亥革命中被推举为浙江首任军政府都督。民国时被任命为交通总长，未赴任。曾通电反对袁世凯称帝。晚年归故里兴修水利。1917年病逝。1920年葬于阳山畈。女婿马一浮为撰《绍兴汤先生墓志铭》。

三、1937年冬，丰子恺携家避难桐庐，在河头上（今横村镇西）盛氏新宅寓居近一月，常去阳山畈拜访马一浮。丰子恺《桐庐负暄》记12月7日谒见马一浮："先生语之曰：忆足下论艺术之文，有所谓多样的统一者。善会此义，可以悟得礼乐。譬如吾人此时坐对山色，观其层峦叠嶂，宜若絮乱，而相看不厌者，以其自然有序，自然调和，即所谓多样的统一是也。又如乐曲必合五音六律，抑扬往复而后成。然合之有序，自然音阶谐和，铿锵悦耳。序合同时，无先后也。"

天目溪

TIANMUXI

谁能捞起来那打了水漂的夏天？
青山如旧，连绿水也是老友，
毕浦，浪石，如今我重来漂流，
再度涉入了赫拉克利特的时间。

山与水次第展开。天上的鱼，
水里的鸟，上下调校着视差。
两岸芊眠的林壑间，我的竹筏，
是我到岸即舍的言语的工具。

静水流深，一激动便是浅滩，
鹅卵石的黑白琴键，滑音清脆。
粼粼的波光属蛇。修持即蜕变。

这就是自然的生活，歌德称为：
永久的收缩和舒张，分合，呼吸，
万法无滞。我们一而二，二而一。

〔注〕

一、古希腊哲学家赫拉克利特说："人不能两次踏进同一条河流。"

二、歌德《颜色学·讲述部分》："一分为二，合二而一，是自然的生活，这是永久的收缩和舒张，永久的结合与分离，全世界的吸入与呼出，我们在这世界里生活着、交织着、存在着。"

三、《坛经》："万法无滞，一真一切真，万境自如如。如如之心，即是真实。"

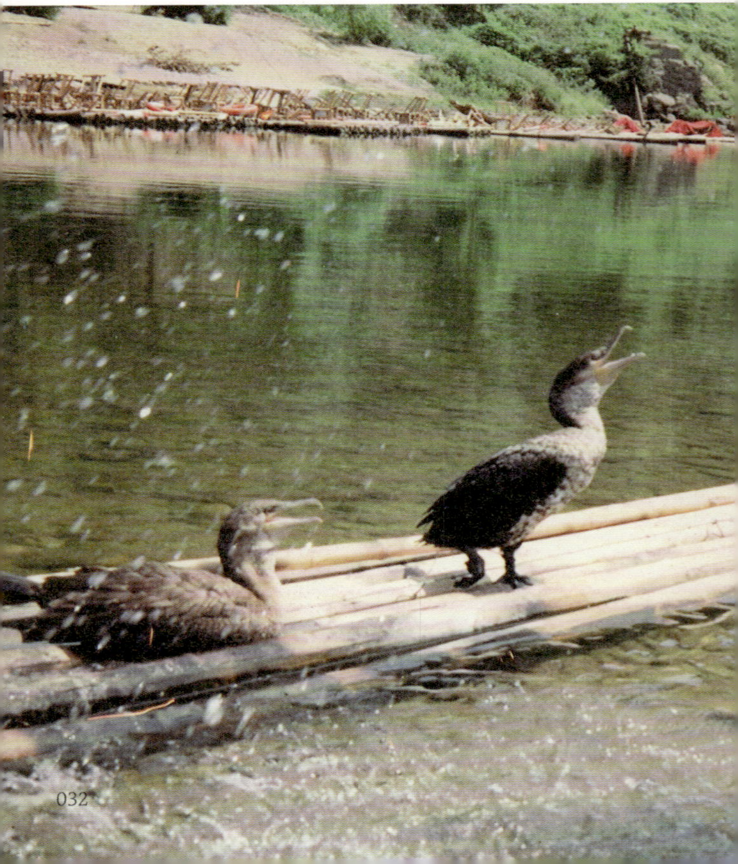

'94 8 14

印渚
YINZHU

听说你名字，是从《世说新语》：
王司州至吴兴印渚中看，叹曰，
非唯使人情开涤，亦觉日月
清朗。如今，一千七百年过去，

我见到你，依然在天光下演漾
收取太阳的金币，月亮的银元，
还有云的印花税。风吹皱平面，
而水，十七年前却变成了立方。

谁还记得你藏在水下的身世？
又一里为玉涧桥，桥甚新整，
当年徐霞客写道，居市亦盛。

如今这一切都已化作了涟漪，
只有那条船还系在枫香树下，
等她褰裳而上，便一声咿呀。

〔注〕

一、《太平寰宇记·地舆篇》："传云渚次石文似印，因以为名。"如今，印渚为一个库区的名字。

二、《世说新语·言语》："王司州至吴兴印渚中看，叹曰：'非唯使人情开涤，亦觉日月清朗。'"

三、《徐霞客游记·浙游日记上》："水由应（印）渚埠出分水县。下马岭，南二里为内楮村坞，又一里为外楮村坞，从此而南，家家以楮为业……南抵应渚埠十八里。兑口之水北自于潜，马岭之水东来，合而南去，路亦随之。八里，过板桥。桥下水自西坞来，与前水合，溯水西走，路可达于潜及昌化。又南五里为保安坪。又一里为玉涧桥，桥甚新整，居市亦盛，又名排石。山始大开。"随着 2005 年分水江水库建成蓄水，印渚埠及周边村落沉入水底，形成天溪湖。玉涧桥也整体迁移到杭州西湖杨公堤景区。

瑶琳仙境

最慢的时间在这里
创造出最美的增量
微观次元里的水滴
让光影声色在合唱

虫黄藻萃取着阳光
使骨骼化成了珊瑚
幻生又幻灭的念想
凝结为永恒的花露

千姿百态的钟乳石
如星稠绮合的互文
一万只蝴蝶在扑翅

迷乱了少女的春心
那睫毛流苏的眼睛
恍惚于沉淀的魅影

〔注〕

一、虫黄藻寄生于珊瑚细胞内，通过阳光的化合作用生成能量，帮助珊瑚成长。莎士比亚《暴风雨》第一幕第二场精灵爱丽儿之歌："五噚的水深处躺着你的父亲，｜他的骨骼已化作珊瑚；｜他眼睛是耀眼的明珠；｜他消失的全身没有一处｜不曾受到海水神奇的变幻，｜化成瑰宝，富丽而珍怪。"

二、《宋书·谢灵运传论》："缛旨星稠，繁文绮合。"

三、《暴风雨》第一幕第二场，米兰大公普洛斯彼罗对女儿米兰达说："抬起你那睫毛流苏的眼睛，看一看那边有什么东西。"

天子地

TIANZIDI

玻璃和水回旋在那翠色当中
护送你直从天上滑落到地下
"虚空的虚空凡事都是虚空"
一切无不受制于云端的算法
设置好何处急转又何时尖叫
撞击的心跳均小于安全系数
何况它深谙有铺垫才有高潮
教你向危险学习晕眩的艺术
紫绶的纤手托着你过了云梯
紫金花悬崖的透镜亦真亦幻
加上溶洞和恐龙的光怪陆离
这样才把你送上漂流的起点
孩童们玩得开心而你在怀疑
人生是一场经过编码的游戏

〔注〕

一、天子地景区在百江镇罗山村。景区内紫龙峡有一被世界纪录认证组织（WRCA）官方认证的"全球最长的通体玻璃漂流"，淡紫色钢构支撑起一条高空玻璃滑道，蜿蜒于青翠的山谷间，长达四千多米，落差五百多米，并有一系列三百六十度急转弯，给人以惊险而美的高峰体验。本诗试图模拟这一连绵而辗转的形式。

二、《旧约·传道书》第一章第二节："传道者说，虚空的虚空，虚空的虚空，凡事都是虚空。"

三、紫绫纤手，为天子山景区一个悬空的步行栈道。

四．紫金花悬崖，有世界上面积最大的双层玻璃观景平台，如一朵通体透明的盛开的莲花，中间有一拼接而成的"天空之境"。

五．天子洞，为悬垂无数钟乳石的溶洞，面积达一万六千平方米。出外则有一小型侏罗纪恐龙公园。

天子地 *TIANZIDI*

钓台

DIAOTAI

一根鱼竿，不过是史上最短的一行，
遂隐于一个漩涡，演漾着千年盛名。
携白鹭而归，一江烟雨也未能隐藏
那位崇隐的同窗掉头而不顾的背影。

诗人唏嘘，躺平构成了更高的高度，
让问隐的后人纷纷摇着船儿来瞻仰？
记隐者肥马轻裘，没法对欲望说不，
永远分不清浮云相比于富贵的重量。

一壶酒耕三分田，我自有我的贪求：
坐对这天下独绝的山水，江上清风
与山间明月，莫道只许我一人所有？

就像此夜，归隐于月下浑圆的宁静，
古藤儿化作垂直的渔线，微微颤动：
忽然，从天上划过一道幽隐的流星。

〔注〕

一、严子陵的名字最早见于载籍，是《东观汉记》卷十六，只有一条二十个字："严光字子陵，耕于富春山，后人名其钓处为严陵濑。"直到南朝宋范晔的《后汉书》，才衍化成一篇五百字的故事。

二、《后汉书·逸民列传》："严光字子陵，……少有高名，与光武同游学。及光武即位，乃变名姓，隐身不见。帝思其贤，乃令以物色访之。……遣使聘之。……车驾即日幸其馆。光卧不起，帝即其卧所，抚光腹曰：'咄咄子陵，不可相助为理邪？'光又眠，不应。良久，乃张目熟视，曰：'昔唐尧著德，巢父洗耳。士故有志，何至相迫乎！'帝曰：'子陵，我竟不能下汝邪？'于是升舆叹息而去。……除为谏议大夫，不屈，乃耕于富春山，后人名其钓处为严陵濑焉。"

三、严子陵钓台景区于 2023 年启动提升改造，用六个"隐"串联富春山居的叙事主题，分别为"遂隐""记隐""幽隐""崇隐""问隐""归隐"。原食宿功能的"静庐山庄"改建为"钓台书院"，广邀中外文人艺术家们驻地潜心创作。"钓台书院"
由清华大学朱育帆教授担任设计规划、诗人舒
羽担任艺术总监。

芦茨湾

LUCIWAN

人越走越慢，心也终于服软，
没想到日子可以过成省略号。
卸载了宏大叙事，这芦茨湾，
是一卷方干的诗，清润小巧。

若说西湖是盆景，此处即微雕。
玲珑的小山，斜插一枝唐松，
玉簪螺髻，为一泓澄碧环绕。
白云是天上的银行，支取由风。

择一处水畔人家，由你坐下来，
要一盘清水螺蛳，一壶老酒，
半盏黄昏，鲜鱼、活虾和蔬菜。

入夜，云来枕上，月在床头。
四下里的寂静渗透初生的虫鸣，
想起今生，那么多无名的恩情。

〔注〕

一、葛立方《韵语阳秋》卷二："方干诗清润小巧。"

二、方干《山中言事八韵寄李支使》："竹里断云来枕上，岩边片月在床头。"

茆坪古柏

一千三百年，年年靠拢一毫米。
我和你相守在这里，枝柯相交，
醇香的密叶彼此厮磨、缠绕。
犹不失礼仪，保持一定的距离。

再远也不过一步之遥。岁月
无休地镌刻着我们的贞石之身，
斑驳而苍劲：风和日丽是阳文，
而阴文刻的是雨、霜，还有雪。

你我的生命之光，始于唐三彩。
宋，只此青绿。明清，黑白。
可是绚烂的爱情却从不减色。

叶阴里，眠熟的鸟儿正做着清梦。
沁芳的溪水边，两只橙喙的苍鹅
在细细梳理被气流弄乱的斗篷。

〔注〕

　　茆坪村有两棵标志性的古柏，树龄一千三百多年，树高二十米以上，树围均超过四米。村人视为吉祥树，清明辄备礼以祭柏。

梅蓉
MEIRONG

蝴蝶向阳光打开了调色板，
　　你为谁打开了心扉？
油香的因子在空气中交换
　　金黄与玫红的搭配。

你抛出春江绿油油的水袖，
　　又写下青山的承诺。
我赠你一大坛新酿的米酒，
　　与一枝炊烟的婀娜。

清晨，你把每一朵花儿
　　安排到这里来出嫁，
夜晚，我也把每一只鸟儿
　　招领到这里来筑巢。

劳作与舞蹈是一样的大自在，
　　祝祷着向神性敞开。

〔注〕

　　一、梅蓉村近年集艺术、生态与旅游为一体，致力于打造国际乡村艺术社区，已举办两届桐庐山水艺术季。九里梅州，油菜花田和艺术装置融为一体，艺术家以大地为舞台，作沉浸式表演。

　　二、叶芝《在学童中间》："劳作也就是开花与舞蹈。"

翙岗

在梦中我又走过
这长而窄的小巷，
每一扇高门紧锁
天井贮满的春光。

檐上青青的瓦菲
厚如岁月的浓浆。
马头墙翘起鹊尾
凝结了梦的飞翔。

小巷那头，是谁
一袭长长的风衣
正朝我迎面走来。

迟疑着就要交会，
只见他侧过身体
微笑着把路让开。

〔注〕

翙岗古村，入选国家级第二批中国传统村落名录。元末刘基曾在此设馆寓居，为题匾额"凤翙高岗"，语出《诗经·大雅·卷阿》："凤皇于飞，翙翙其羽。"村落以水澳为经纬，六百米老街两侧，尚存明清时徽派建筑群。东侧有嘉庆堂、和兴堂、凤清堂、敬义堂、东边厅。西侧有云雨堂、资元堂、敬吉堂、康德堂、忠孝台门和方店厅等。

深澳

SHENAO

这里的老屋，都该叫三生一宅，
每一座都让我望见前世的前世。
清晓的微雨中，石井栏绣满绿苔；
澳口，流水深曲如昨夜的心思。

宝髻松松地挽就，那邻家女子
汲水，午炊，安排下春天的灶台：
腊肉切片，笋切丁，莴苣切丝。
喷香的锅盖，像爆雷一样揭开……

水缠绕着水，时间侵寻着时间。
千年的繁柯撑开了申屠家的族谱，
祠堂里，匾额镌刻颜体的庄肃。

而天上一朵卷云却停到案前：
看她闺中日课，临一遍灵飞经。
当此际，心如毫素，字若新莺。

〔注〕

一、深澳有独特的供排水系统，由溪流、暗渠、明沟、坎井和水塘五个部分，立体交叉而组成。其中暗渠贯穿全村，且每隔一定距离就开一水埠，当地人称之为澳，深澳即由此得名。

二、桐庐深澳村的村民大多为申屠氏后裔。此地民风淳朴，民性刚勇。

荻浦

若经过豁齿的老宅，请留步，
　且屏蔽你的呼吸，
端详那月梁、雀替和垂花柱，
　是用怎样的光刻机
精雕细镂出一朵又一朵
　冻龄的霭霭祥云？
云中的仙人也捧出仙果，
　奏一曲绕梁的月影。

接着，你穿过御题的牌坊，
　松垄里毗邻花海。
薰衣草蔓生，波斯菊怒放，
　应和着苍虬翠盖。
恰似那绝艳映照着衰朽，
　是春与秋的合奏。

〔注〕

一、荻浦村口，经乾隆御题的孝子牌坊，即为松垄里，占地面积数十亩，分大松垅、小松垅。现存古松六株，女贞二株，古樟十余株，牌坊边两株古樟，树龄即有八百多年。古木参天，浓阴蔽日，诚可谓"木郁荻葱"。

二、荻浦花海，占地三百余亩，是荻浦现代生态文化建设的成果，其中遍植百日草、二月兰、波斯菊、马鞭草、薰衣草、冰岛虞美人花等，争奇斗妍，缤纷如海。

三、苏轼《寓居定惠院之东杂花满山有海棠一株土人不知贵也》："忽逢绝艳照衰朽。"

◎ 结庐在桐庐：十四行诗二十首

酒酿馒头

你说记得我大号的微笑，
在吊索桥旁，在东门头。
你在我左边，举起书包
看我在咬着酒酿馒头。

西风从右边不断吹来
我蜷缩着背过身去。
那时的镜子布满悲哀，
那时的你总是忧郁——

追不上紫色安琪儿的我。
那一刻，你我俯视桥下
臭豆腐臭，辣火酱辣。

我们还不懂人世的烟火，
青春却只是无尽地贪恋
留在舌尖的那一味清甜。

〔注〕

一、酒酿馒头，是富春江流域的特色面点，以桐庐为代表，其制作方法已列为杭州市非物质文化遗产。最大的特点是和面时加入酒酿，揉成面团后入蒸笼自然发酵。蒸熟出笼后，比一般馒头松软得多，且弥漫着酒香。故也戏称为"空气馒头"。口感极佳，既有筋道，又有味道。受欢迎的酒酿馒头吃法，是夹红烧肉，或者油沸后夹臭豆腐。

二、安琪儿，是流行于 90 年代的女士单车。

十六回切

这是在季节里缓缓流动的盛宴，
剧情从序曲一回回切换到高潮。
开席，先上来四样水果的时鲜，
钟山的蜜梨，还有分水的樱桃。

再摆上四色干果，或百江甘栗，
或新合香榧，要讲究就地取材。
冷盘则属于那吃一看三的闲笔，
大家斟满酒，等待大戏的到来。

隔堂的江南丝竹，如习习和风
富春江丰腴的白条游上八仙桌，
享用罢水陆之珍，再端上米馃。

明烛双双，高烧在厅堂的正中，
这一席穰穰满家的琳琅的至味，
又从头开启我无尽乡愁的章回。

〔注〕

　　十六回切，又称十六会签、十六围席，是始于南宋、盛于明清的桐庐传统酒席，现已列入浙江省非物质文化遗产名录。回切的意思，最初是指食品提盒里的小格子，分放各种果子和熟食点心。后代指整个酒席。由干果、鲜果、冷荤各四道为见面菜开席，依次上四热炒、四大菜等共十六道。其菜肴种类、上菜程式、入座规定等，都有一套相对规范的仪式。

附

录

关于诗体的说明

十四行诗，英文 sonnet，中译为商籁体、颂内体。这一诗体最早出现在中世纪的意大利，后来法、英、德、西、俄各大语种的诗人都爱写。若论作者群之众与接受面之广，只有中国古典诗中的七律、七绝可比。与七律七绝一样，十四行诗的形式也符合"起""承""转""合"的黄金律。

与中国古典诗的押韵习惯不一样，西方诗似乎更严格，每一行都不脱韵。其三种基本押韵方式是：交韵（abab）、抱韵（abba）、偶韵或者叫随韵（aabb）。西方诗的格律就是把这三种韵式错综搭配在一起。十四行诗就是代表。

十四行诗大致上可分两种。第一

种是意大利体，或者叫彼特拉克体。正体的韵式是：
abbaabba cdcdcd 以及后六行的变通。变体就多了，
一般分节为四四三三。韵式前八行用抱韵或交韵，
后六行就各自去变花样了。第二种是英国体，或
者叫莎士比亚体。韵式是前面十二行用交韵，最
后两行用偶韵。

　　本诗集中的二十首诗，除了《天子地》用了
莎士比亚体，其余都用彼特拉克体。因为后者更
接近中国固有的律绝形式。其中，《合岭杜鹃》
更特别，也算是我自备一格的尝试。为便于读者
识别，谨将韵式标注如下：

　　富春江　　　五顿，韵式 abba cddc efef gg

　　桐君山　　　五顿，韵式 abab cdcd eef gfg

　　放马洲　　　五顿，韵式 abba cddc efe gfg

　　圆通寺　　　五顿，韵式 abab cdcd efe fgg

　　桂花王　　　五顿，韵式 abba cddc efe fgg

　　合岭杜鹃　　五顿，韵式 aba cbc ded fef gg

阳山畈	五顿，韵式 abab cdcd efe fgg
天目溪	五顿，韵式 abba cddc efe fgg
印渚	五顿，韵式 abab cdcd eff egg
瑶琳仙境	三顿，韵式 abab cdcd efe fgg
天子地	五顿，韵式 ababcdcdefefgg
钓台	六顿，韵式 abab cdcd efe gfg
芦茨湾	五顿，韵式 abab cdcd efe fgg
茆坪古柏	五顿，韵式 abba cddc eef gfg
梅蓉	四三顿，韵式 abab cdcd eeff gg
翙岗	三顿，韵式 abab cdcd efe gfg
深澳	五顿，韵式 abab cdcd eff egg
荻浦	四三顿，韵式 ababcdcd efef gg
酒酿馒头	四顿，韵式 abab cdcd eff egg
十六回切	五顿，韵式 abab cdcd eff egg

舒羽山房·旧县国际写作中心

后记

后记

HOUJI

一直想找一种方式，去复述我的故乡。准确地说，是复述我心里对她的那份情感，而不仅是风景。也不知道是被什么样的情绪牵引着，总觉得对她心存一分愧疚？想来想去，也许是因为二十多年前移居杭州时的那种理所当然。

解读风景是需要阅历的，直到你理解恒定的来历和意义。孩子眼里没有风景。儿时的我也一样，如果富春江没有露出河床，就不会下到湿润的鹅卵石间，去拆散成双成对的小虾，去翻寻藏匿其间的黄蚬儿，去惊扰一条柔腻的黄鳝儿，直到它消失在渐渐浑浊的视线里。或者江滨的木芙蓉，如果没到花季，就没有穿行的意义。可是，正是这满江的春水，水畔的草木，构成了一个千年的江南。还有连绵的远山，那多少墨客为之吟咏不已的精神的屏障。

其实并不遥远，高速不过六十多公里，但那种远离，甚至是一种毅然的逃离。人总是在舍弃中获得新的路径，而人世所有的更迭，唯有家乡是重返的必然。就像婴儿脱离母胎，瓜熟蒂落后去人海里各自生长，留下身后的母亲日益衰老。衰老是反诗的，当你理解了"痛苦的皱纹"是美好的诗句，一切都不可逆转。

如今我的父母与我朝夕相处，我深深地感谢故乡对我的邀请，让我有机会长时间地陪伴在父母身边。舒羽山房·旧县国际写作中心不仅收纳了我的诗友文朋，还收纳了我对故乡缓慢而沉静的热爱。再一次，我坐对四围的春山，呼吸着新雨后的葱绿，院子外便是茂林修竹，"人隔翠阴行"。浮现在群岚之上的，是爱，是人的脸庞。季节里一切人情与风物之美，令我贪婪地吸附：这就是故乡，是现世，是归宿。

我动了心，要为故乡写一本诗集。可是，为什么要选择十四行诗的形式？要知道，在现代诗就等于自由诗的今天，它几乎是诗人们避之唯恐不及的毒药。

其实这也是一种回归。从前，我的写作，一直是意到笔随，不拘泥形式的。我信奉的唯一法则，是法无定法。在自己的随笔集《流水》的跋中，我曾经写道："流水正因为不在意自身的形式，所以它的流动永无止境。"现在，我却要借冯至《十四行集》最后一首里的诗句，来表达我的转变："从一片泛滥无形的水里 ｜ 取水人取来椭圆的一瓶， ｜ 这点水就得到一个定形。"

我正是从泛滥无形的流动中，回到了"定法"与"定形"中来，而十四行诗正是规定最严苛的那一种。有一本英语十四行诗选，编选者在序里引了爱德华·托马斯的话说："就我个人而言，我怕十四行。它必须是十四行。一个人若能将他的思想纳入这样的限制中，他要么是个大大的诗人，要么是个冷冷的数学家。"我打小起算术就不好，但是十二加二，八加六，或者四加四加三加三，等于十四，这个倒还算得过来。而十四行诗的形式，不管是意大利式还是英国式，都具有一种数学般的精确之美，令人倾心不已。我在《如是水晶》一诗里写过：

> 你无法抵御这陡峭如刀锋的吸引。
>
> 为自身的形式所洗练，
> 又从未停止对光芒的塑造。

如今，我就要利用这样严格的形式，把我的情思一一安排，使它们显得更内敛、紧致和沉稳。我要让富春江、天目溪在我的诗行的堤岸之间缓缓流淌，让深澳、梅蓉、茆坪在我的韵律中呈现其各异的生态，让母岭的桂花王在我的语词里矜持而蓬勃地散发出芬芳。这二十首十四行诗，都写于今年的三四月间，正是我为故乡桐庐的山水人文书写的长卷。桐庐是诗乡画城，是古往今来无数诗人与画家的精神源头之一，今天的桐庐更是"中国最美县城"，是全境风光旖旎的爱情之城。当你身临其间，"结庐在桐庐"，反而难以辨识何处是风景。当我用十四行诗的心理节律，为之弹奏了一遍之后，仍旧像是第一次的触碰。

2023 年 5 月 4 日
于旧县母岭 · 舒羽山房

图书在版编目（CIP）数据

结庐在桐庐：十四行诗二十首 / 舒羽著 . -- 杭州：浙江大学出版社，2023.6

ISBN 978-7-308-23911-0

Ⅰ.①结… Ⅱ.①舒… Ⅲ.①十四行诗—诗集—中国—当代 Ⅳ.① I227

中国国家版本馆 CIP 数据核字 (2023) 第 102510 号

结庐在桐庐：十四行诗二十首

舒　羽　著

责任编辑	罗人智	
责任校对	吴沈涛	
封面设计	汉罡智造	
排　　版	杭州汉罡文化创意有限公司	
出版发行	浙江大学出版社	
	（杭州市天目山路148号　邮政编码310007）	
	（网址：http://www.zjupress.com）	
印　　刷	杭州佳园彩色印刷有限公司	
开　　本	787mm×1092mm　1/32	
印　　张	3.375	
字　　数	40千	
版 印 次	2023年6月第1版　2023年6月第1次印刷	
书　　号	ISBN 978-7-308-23911-0	
定　　价	56.00元